Guerrier de Haupt.

—

Histoires

de

Sept poupées.

HISTOIRES

DE

SEPT POUPÉES

PARIS. — IMP. SIMON RAÇON ET COMP , RUE D'ERFURT 1

C.

La maison du Sorcier.

Imp. Becquet Paris

HISTOIRES

DE

SEPT POUPÉES

RACONTÉES PAR ELLES-MÊMES

PAR

MARIE GUERRIER DE HAUPT

AUTEUR DE PETITE MAMAN ET GRANDE POUPÉE, GRAND PAPA POLICHINELLE, LES MOUSTACHES DU CHAT, ETC.

OUVRAGES COURONNÉS PAR LA SOCIÉTÉ POUR L'INSTRUCTION ÉLÉMENTAIRE

ILLUSTRATIONS DE JULES DESANDRÉ

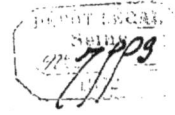

PARIS

BERNARDIN-BÉCHET, LIBRAIRE-ÉDITEUR

33, QUAI DES GRANDS-AUGUSTINS, 33

—

1869

HISTOIRE

DE

SEPT POUPÉES

RACONTÉE PAR ELLES-MÈMES

CHAPITRE PREMIER

LE SORCIER

L y a bien longtemps, vivait, dans une ville d'Allemagne dont j'ai oublié le nom, un vieillard que tout le monde connaissait sous le nom de Wilhem le Sorcier.

Wilhem le sorcier! allez-vous tous vous écrier, chers enfants; oh! cette histoire, ou plutôt ce conte, va être terrible!

Détrompez-vous. Wilhem était un bon sorcier; tous les enfants l'aimaient, et non sans raison; vous-mêmes l'auriez aimé, jugez-en:

Il avait l'habitude de se promener dans les rues de la ville, portant à chaque bras un grand panier; l'un de ces paniers était vide, l'autre plein de joujoux et de friandises. Wilhem appelait à lui tous les enfants qu'il rencontrait, surtout les petites filles; et surtout, entre les petites filles, celles qui avaient des poupées, soit à la main, soit chez elles; car ce bon Wilhem devait être positivement sorcier, puisqu'il devinait parfaitement quelles étaient les heureuses enfants qui avaient des poupées en leur possession.

Wilhem le sorcier causait longuement avec ses petites amies, il se faisait raconter par

1

elles leurs travaux et leurs jeux ; car, ainsi que la plupart des sorciers, il était un tant soit peu curieux ; enfin il finissait presque toujours par obtenir d'elles leurs poupées vieilles ou neuves, belles ou laides ; en échange des magnifiques jouets, des bonbons délicieux renfermés dans un de ses deux paniers.

Le marché conclu, Wilhem mettait dans le panier vide la poupée qu'il venait de conquérir, puis il s'éloignait à grands pas et s'enfermait dans une petite maison qu'il possédait à l'entrée de la ville.

Ce qu'il y avait d'étrange, c'est que le bonhomme prenait les vieilles poupées avec plus de plaisir que les neuves. On l'avait vu revenir pendant plus de huit jours de suite auprès d'une petite charbonnière de dix ans, qui ne voulait, à aucun prix, se séparer de sa fille, affreuse poupée de carton, dont les doigts en bois rouge s'écartaient gauchement sans former une courbe gracieuse comme ceux des belles poupées en porcelaine qu'on fabrique maintenant pour les petites Parisiennes.

Après bien des pourparlers, Wilhem avait triomphalement emporté la vilaine petite créature en échange de laquelle il avait donné, non pas un joujou, mais une belle pièce d'or de vingt francs ou à peu près, qui servit à payer le médecin. La mère de la petite charbonnière était dangereusement malade, et sans cette triste circonstance, l'enfant n'aurait jamais pu se résoudre à quitter la poupée qu'elle aimait tant. Mais on a beau aimer sa poupée, on aime encore cent fois mieux sa maman, c'est-à-dire qu'il n'y a même pas de comparaison à faire ; aussi la bonne petite fille avait-elle le cœur joyeux et léger en songeant que grâce à son sacrifice, sa bonne mère pourrait enfin recouvrer la santé.

Ce n'était donc pas un méchant sorcier que Wilhem.

Mais, alors, pourquoi l'appelait-on sorcier ? je croyais que tous les sorciers étaient méchants !

Oh ! que nenni : il n'y a d'abord pas besoin d'être sorcier pour être méchant. Au contraire, on dit toujours de quelqu'un qui n'a pas beaucoup d'intelligence : « Il n'est pas sorcier. » Un sorcier doit donc être un homme d'esprit ; et il est prouvé que les sots sont bien plus méchants que les gens d'esprit.

Puis, je vous dirai encore autre chose, mes petits amis, pour vous expliquer comment Wilhem, sans être méchant, avait pu passer pour sorcier. Il habitait l'Allemagne ; et, dame ! en Allemagne, on se figure un peu voir des sorciers partout. Les Allemands sont, en général, très-savants, ils croient pouvoir tout expliquer ; et lorsque, par hasard, ils rencontrent une chose qu'ils ne comprennent pas ; vite ils prétendent que cette chose est surnaturelle, magique, enchantée ! Wilhem vivait seul depuis bien des années dans sa maisonnette ; personne ne se souvenait du jour de son arrivée ; il achetait lui-même ce qui était nécessaire à sa nourriture, et nul n'avait la permission de pénétrer chez lui. Il n'allait chez personne, ne sortait que pour échanger de vieilles poupées contre de beaux joujoux, et ne parlait qu'aux enfants. Des gens qui avaient écouté près de la fenêtre du rez-de-chaussée de sa maison, prétendaient avoir entendu des voix d'enfants qui causaient avec animation, et les méchants avaient voulu faire croire que le sorcier enlevait les enfants pour les maltraiter.

Mais comme aucun enfant n'avait jamais disparu de la maison de ses parents, ces bruits malveillants n'avaient pas eu de suites.

Il arriva un beau jour que Wilhem, en faisant sa promenade habituelle, tomba sans connaissance au milieu de la rue. On le releva, mais le bon sorcier avait déjà cessé de vivre, il avait succombé à une attaque d'apoplexie foudroyante.

L'autorité fit l'inventaire de ce que contenait sa maison, et la curiosité de la foule qui se pressait à la porte, était tellement excitée, qu'il fallut mettre des gardiens pour empêcher la demeure de Wilhem le sorcier d'être envahie.

Dans cette demeure, pourtant, il n'y avait rien de bien extraordinaire. La seule chose digne de remarque était une chambre pleine de poupées. Il y en avait là de toutes façons ! On y voyait la poupée en cire, la poupée en porcelaine, la poupée articulée, que toutes mes lectrices connaissent, au moins de vue ; la poupée en stuc, celle en carton ; la poupée à ressorts, en bois, fabriquée à Nuremberg, s'y trouvait aussi, quoiqu'elle soit passée de mode depuis longtemps. On y voyait des bébés, des poupards, des poupées négresses, des blondes, des brunes ! Je n'en finirais pas si je voulais vous énumérer tout ce qu'on y voyait ! Les différentes sortes de poupées fabriquées depuis un siècle, dans toutes les parties du monde, semblaient être représentées à cette exposition universelle d'une nouvelle espèce.

— Tiens ! tiens ! tiens ! s'écria un petit tailleur, voisin de Wilhem le sorcier, en pénétrant, grâce à la complaisance d'un gardien, dans la chambre des poupées ; tiens, tiens, tiens ; eh bien, mais, il n'était pas si sorcier qu'on le disait, notre Wilhem ! je croyais trouver ici tout un laboratoire d'alchimiste ; des cornues, des alambics, que sais-je ? et je n'y vois que de quoi fournir à la récréation d'un pensionnat de petites filles !

— Ne parlez pas si vite, lui répondit un vieux savant qu'on avait appelé là pour expliquer ce qu'on pourrait trouver d'extraordinaire dans la maison de Wilhem, et qui n'était nullement disposé à voir ramener ainsi son sorcier aux proportions d'un homme ordinaire. Ne vous hâtez pas de parler sans réfléchir, répéta-t-il, car je viens de faire une importante découverte, qui nous apprendra au moins une partie des mystérieux événements qui se sont accomplis dans cette étrange demeure !

En disant ces mots, il montrait une poupée de taille moyenne, qui, assise dans l'embrasure d'une fenêtre, devant une petite table sur laquelle se trouvait tout ce qu'il faut pour écrire, tenait encore une plume entre ses doigts et paraissait avoir été arrêtée par un pouvoir surnaturel au milieu de sa tâche. La page qui se trouvait devant elle était à moitié couverte d'une écriture fine et serrée ; cette page portait le numéro cent cinquante mille trois cent dix.

— Lisez, s'écria le savant, prenant la page commencée, et cherchant avec une agita-
tion fiévreuse dans le tiroir de la table, d'où il retira douze à quinze pages entièrement
écrites ; lisez, lisez ceci, c'est un journal, fait par cette poupée, et dicté par toutes ses
compagnes! Wilhem était bien sorcier, mes amis, et il avait donné à ces poupées une
vie artificielle qu'elles ont perdue au moment où lui-même est mort.

A cette déclaration, toutes les personnes qui étaient dans la chambre se sauvèrent,
effrayées à l'idée de rester plus longtemps dans la demeure d'un sorcier. Le savant resta
seul, et, comme il était riche, il acheta la maison de Wilhem, afin de pouvoir chercher
plus à son aise les cent cinquante mille et quelques pages qui lui manquaient seulement. (C'était une bagatelle, comme vous le voyez, et il aurait fallu des travaux bien
plus difficiles pour décourager notre savant.)

Après beaucoup de recherches, il finit par trouver dans le mur du grenier une
petite porte qui s'ouvrait au moyen d'un ressort assez bien dissimulé. Cette porte
lui donna entrée dans un cabinet élégamment meublé, et dont le principal orne-
ment était une bibliothèque remplie de beaux volumes, reliés en rouge, et ayant
pour titre : HISTOIRE DES POUPÉES RACONTÉE PAR ELLES-MÊMES. Dans ces volumes était
racontée l'histoire de chaque poupée recueillie par Wilhem le sorcier, qui expliquait,
au commencement du premier volume, comment ayant, lorsqu'il était encore jeune,
perdu une petite nièce qu'il aimait beaucoup, il avait reporté sur tous les enfants,
et en particulier sur les petites filles, l'affection qu'il avait eue pour sa chère petite
Alice.

Alice avait une poupée avec laquelle elle avait joué peu de temps avant de quitter la
terre ; son oncle s'était emparé de cette poupée, et, comme il était savant, il s'était mis
à chercher dans de vieux livres un moyen d'animer Gretchen (c'était le nom de la
poupée). Il avait enfin découvert ce qu'il cherchait, et avait fait écrire par Gretchen
son histoire et celle d'Alice ; puis il avait joint d'autres poupées à la première et leur
avait fait raconter leurs aventures, que Gretchen écrivait ; de sorte que les livres
rouges représentaient non-seulement les poupées peintes par elles-mêmes, mais
encore les petites filles peintes par leurs poupées.

Le vieux savant en découvrant cette merveilleuse bibliothèque, faillit devenir fou de
joie et passa un temps infini à lire toutes ces histoires. Lorsqu'il annonça l'intention de
les publier, les malveillants qui avaient déjà accusé, dans le temps, Wilhem d'enlever
les enfants, prétendirent que le bon sorcier n'était nullement sorcier. Ils assurèrent
que le chagrin qu'il avait éprouvé de la mort de sa petite nièce lui avait troublé la raison, qu'il s'était mis alors à écrire l'histoire d'Alice et de sa poupée, se figurant qu'il
avait réussi à animer Gretchen, et que c'était elle qui écrivait ; que, par la suite, il avait
pris l'habitude de causer avec les enfants riches conduits à la promenade par leurs
bonnes ; avec les enfants des commerçants, regardant passer le monde sur le seuil de
leur porte ; avec les enfants pauvres, vagabondant à travers les rues ; et que, dans ces

conversations, il avait appris à connaître les caractères, les goûts, les habitudes de tout ce petit peuple, et avait pu, de la sorte, écrire des histoires, sinon vraies, du moins vraisemblables.

Le vieux savant, en apprenant qu'on avait détruit ainsi, par quelques paroles, tout le merveilleux échafaudage qu'il s'était plu à élever d'après les manuscrits et les volumes trouvés dans la maison de Wilhem le sorcier, fut si désespéré qu'il abandonna secrètement le pays, emportant avec lui la bibliothèque et les poupées. Un manuscrit assez court fut cependant oublié par lui ; il contenait outre l'histoire de Gretchen, la poupée d'Alice, l'histoire de six autres poupées. Ce sont ces sept histoires que vous allez lire, mes chers enfants ; puissent-elles vous amuser !

CHAPITRE II

GRETCHEN, POUPÉE D'ALICE

LA FILLE DU SAVANT

RACE à l'animation que me donne pour quelques instants la science de Wilhem, l'oncle de ma petite mère Alice, je puis prendre la plume et retracer sur le papier les événements de ma vie.

Je ne suis pas ce qu'on appelle une belle poupée ; cependant je ne suis pas vilaine non plus. J'ai des yeux d'émail, une tête en pâte ; j'avais jadis des couleurs assez fraîches, mais depuis qu'Alice s'est avisée de me débarbouiller soir et matin avec du beurre, mes joues ont bien pâli. Mes cheveux sont blonds, mes yeux bleus, mes mains en peau rose sont un peu salies, et la mie de pain avec laquelle on les a frottées n'a pu leur rendre leur fraîcheur première. Mais que m'importe ! puisque je dois maintenant écrire sans cesse (telle est la volonté de mon nouveau maître), mes doigts auront sans doute des taches d'encre, et mes mains seront encore plus noires.

J'ai été donnée à Alice par son père, la veille de Noël, et voici comment :

Alice n'avait plus de mère, la sienne était morte peu de temps après sa naissance ; son père l'aimait tendrement, mais c'était un savant, toujours occupé de ses livres, de ses manuscrits, de ses recherches ; il n'avait presque jamais le temps de songer à sa fille.

Aussi la pauvre Alice était-elle un peu abandonnée. Une vieille bonne, du nom de Gretchen, qui avait élevé sa mère, la soignait de son mieux ; mais rien ne remplace une bonne mère auprès d'un enfant. Alice ne sortait presque jamais ; elle n'avait pas de jouets, pas d'amies de son âge. Ses jours se passaient tristement dans une grande

La fille du savant.

chambre sombre, où le soleil ne pénétrait jamais. Sa seule distraction était de monter sur un petit tabouret et de regarder à travers les vitres des hautes fenêtres, les rares passants qui s'aventuraient dans la rue où demeurait son père.

Le jour dont je vous parle, et qui était la veille de Noël, la bonne Gretchen, en passant devant la boutique d'un marchand de joujoux, m'aperçut. Elle songea soudain à sa petite Alice, et se dit qu'une poupée serait une grande distraction pour la chère enfant.

Toute préoccupée de cette pensée, elle se rendit près de son maître, à qui elle apprit qu'on était à la veille de Noël; ce dont il ne se doutait guère, car ses savantes recherches l'avaient tellement absorbé qu'il ne s'était même pas aperçu que l'automne avait remplacé l'été et que l'hiver était arrivé à son tour. Gretchen parla au père d'Alice de sa petite fille qui vivait si tristement et de la poupée qu'elle avait vue.

— N'est-ce que cela? répondit son maître; tu veux acheter une poupée pour Alice? Eh, achète-lui dix poupées si tu veux; je désire qu'elle soit heureuse, n'épargne rien pour cela; mais surtout ne viens pas me déranger! Qu'as-tu besoin de me rompre la tête de ces bagatelles?

Et le savant se remit au travail en grondant entre ses dents contre les femmes possédées de la rage de parler inutilement.

Gretchen se hâta de profiter de la permission, elle me paya six florins; et, triomphante me déposa auprès du lit d'Alice, qui me trouva là en s'éveillant, le matin du jour de Noël. Dire la joie, le ravissement de la pauvre petite, serait chose impossible; elle ne pouvait d'abord croire à tant de bonheur. Lorsque Gretchen lui eut, à plusieurs reprises, affirmé que j'étais bien à elle, et que je ne la quitterais plus, l'enfant devint toute pâle, puis elle fondit en larmes. Ses pleurs la soulagèrent, l'émotion se calma, et Alice passa ce jour de Noël comme elle n'aurait jamais osé l'espérer.

Elle remercia son père avec un accent qui partait du cœur, et le savant, malgré sa distraction habituelle, ne put s'empêcher de remarquer qu'Alice, ce jour-là, était plus fraîche et paraissait mieux portante qu'à l'ordinaire.

Alice n'avait jamais eu de poupée, elle ne savait pas m'habiller, jouer avec moi à la Madame, m'apprendre à faire des révérences, comme, dit-on, beaucoup de petites filles le font avec leurs poupées. Elle avait toujours vu son père absorbé dans de savantes lectures, elle n'avait entendu que des conversations entre des savants qui dissertaient sur des choses trop élevées pour son intelligence; elle ne comprenait donc au monde d'autre occupation que l'étude, car, j'oubliais de vous le dire, Alice était instruite pour son âge; elle recevait chaque jour des leçons de son oncle Wilhem, qui lui-même était un grand savant, le frère de sa mère, et qui s'était chargé de son éducation.

Ma petite mère, qui m'aimait beaucoup, ne vit d'autre moyen de me prouver son affection que de m'apprendre ce qu'elle savait. Dès le matin, elle m'installait devant sa table de travail, et me faisant tenir son livre, me récitait les leçons que son oncle lui avait dit d'apprendre ; puis, fermant le livre, elle se mettait ensuite à m'expliquer les leçons, mais j'avais la tête assez dure, et, malgré ses soins, mes études profitaient plus à elle qu'à moi. Je regrettais le temps où, dans la montre du marchand de joujoux, je voyais s'arrêter devant moi les belles dames et les jolies petites filles, et je m'ennuyais horriblement dans cette grande chambre si sombre et si triste. Cependant, je finis peu à peu par m'habituer à mon nouveau genre de vie, et j'acquis une instruction suffisante pour une poupée. On peut du reste en juger, puisque me voilà devenue une poupée auteur, chose qui ne s'est peut-être jamais vue jusqu'à présent.

Un soir d'été Gretchen, ma marraine (Alice avait tenu à me donner le nom de sa bonne), mena ma petite mère, qui me portait sur son bras, faire une promenade dans les champs. Alice, qui avait aussi emporté le livre où se trouvait sa leçon pour le lendemain, resta longtemps assise à étudier au bord d'une petite rivière. Une mère n'aurait pas permis à son enfant de rester longtemps immobile, le soir, dans cet endroit humide ; mais une bonne, quelque dévouée qu'elle soit, est moins craintive. En rentrant à la maison, Alice toussait un peu et se plaignait d'un violent mal de gorge ; le lendemain la fièvre se déclara et le médecin annonça qu'elle était atteinte d'une grave maladie.

Le pauvre savant, en apprenant cette triste nouvelle, oublia ses livres et sa science. Il passait les jours et les nuits au chevet de son enfant bien-aimée ; l'oncle Wilhem était presque aussi désespéré ; tous deux s'ingéniaient à trouver les moyens de distraire la petite malade ou de calmer ses souffrances.

Maintenant que je puis exprimer ce que j'éprouve, les larmes me viennent aux yeux rien qu'au souvenir de ces deux hommes si graves, entrant dans la chambre d'Alice, chargés de jouets de toutes sortes. Je vois encore par la pensée ce pauvre père arranger, en s'efforçant de sourire pour cacher l'inquiétude qui le torturait, les pièces d'un petit ménage, ou faire danser les acteurs d'un théâtre de carton.

Malheureusement tous les soins furent inutiles ; le petit ange alla rejoindre sa mère.

Le désespoir de son père, la douleur de son oncle, furent immenses ! La bonne Gretchen elle-même fut sur le point de perdre la raison. Elle se rattacha à la vie par la nécessité de soigner son pauvre maître, dont la santé déclinait chaque jour. L'oncle Wilhem voulant éloigner son beau-frère d'une ville qui lui rappelait de si tristes souvenirs, le conduisit à Paris, ainsi que ma marraine et moi, qu'il avait prise en affection en mémoire de sa chère petite nièce.

Arrivé là, il plaça son beau-frère entre les mains d'un savant médecin, et laissa auprès de lui Gretchen pour le soigner.

Lui-même alla se loger dans un quartier calme et retiré. Il me laissait seule des journées entières. Le soir il rentrait apportant de gros livres dans lesquels il lisait toute la nuit ; quelquefois il s'approchait de moi d'un air triomphant, comme s'il eût fait quelque importante découverte, et prononçait, en faisant des signes mystérieux, des paroles auxquelles je ne comprenais rien.

Un soir qu'il étudiait depuis trois ou quatre heures en feuilletant un gros volume poudreux et en partie déchiré, il se leva tout à coup, fit plusieurs fois le tour de sa chambre et s'écria :

—Enfin ! enfin ! j'ai trouvé ! Cette formule existe !— Elle existe dans le onzième volume de l'ouvrage du savant ***, qui vivait il y a quatre siècles !— Et je sais où me procurer ce volume ! — Oui, oui, voilà l'indication précise : *Ce volume existe dans la bibliothèque de la petite ville de ***, en Allemagne !* C'est écrit à la main en marge de cet ouvrage, vis-à-vis de l'endroit où il est fait mention, dans ces annales merveilleuses, d'une formule magique qui aurait été composée au moyen âge, et qui aurait eu pour effet d'animer momentanément les objets fabriqués par la main de l'homme, tels que poupées, mannequins ou pantins. Oh ! quelle joie si je pouvais retrouver cette formule ! la poupée Gretchen me raconterait les moindres paroles d'Alice, et, qui sait, je pourrais peut-être alors me procurer des poupées appartenant à d'autres enfants, et connaître l'histoire de ces personnages en miniature ! Ce sujet de recherches en vaut bien un autre !

Malheureusement l'oncle Wilhem, tout à la joie que lui causait sa découverte, en fit part à deux ou trois personnes. Or, comme à Paris on ne croit guère à ces formules magiques qui produisent des effets si merveilleux, on prétendit que le chagrin lui avait fait perdre la raison ; on l'enferma et on commença à lui prodiguer des soins.

Comme il n'avait plus de recherches à faire puisqu'il avait trouvé ce qu'il voulait, il cessa de parler de poupées animées et de formules magiques ; si bien que, le croyant guéri, on lui rendit la liberté.

A peine fut-il libre qu'il vint me chercher et que nous partîmes pour la petite ville de ***, en Allemagne.

Arrivé là, il acheta une jolie maisonnette aux environs de la ville et m'y installa, en compagnie de deux poupées qu'il avait apportées de Paris, et dont l'une, très-élégante, avait un bras cassé.

Quelques jours après notre installation, il vint, armé d'un petit volume à moitié rongé par les vers, et s'approchant de nous, il prononça quelques mots dans une langue inconnue, je crois, à tous les mortels.

A peine eut-il prononcé ces mots, que nous commençâmes toutes trois à nous mouvoir comme des personnes vivantes ; et les pensées que, jusque-là, nous avions dû renfermer en nous-mêmes, s'échappèrent en paroles tellement pressées que le pauvre Wilhem ne savait à laquelle entendre, et, qu'effrayé de son ouvrage, il se bouchait les oreilles en se sauvant dans tous les coins de la chambre.

Un peu de calme succéda pourtant à ce premier moment d'enivrement, et notre maître nous expliqua ce qu'il attendait de nous.

Il s'adressa d'abord à moi, comme à la plus instruite, et comme à celle qu'il préférait en souvenir d'Alice, et me dit :

— Gretchen, vous vous mettrez devant cette table ; voici du papier, des plumes et de l'encre; vous écrirez d'abord votre histoire, puis vos deux compagnes vous dicteront la leur chacune à leur tour, et vous l'écrirez aussi. Vous ferez de même l'histoire de toutes les poupées que je vous amènerai; je ferai imprimer ces récits et j'en formerai une bibliothèque qui aura pour titre : Histoire des Poupées, racontée par elles-mêmes.

Je m'inclinai et promis d'obéir à cet ordre; je ne pouvais d'ailleurs pas faire autrement. C'est pourquoi je viens d'écrire mon histoire, qui, on le voit, n'est pas des plus gaies. Je passe maintenant la parole à la jolie poupée parisienne dont le bras est cassé, et je me bornerai dorénavant à écrire sous la dictée de mes compagnes, qui, si j'en crois les intentions de l'oncle Wilhem, seront un jour en grand nombre.

Le petit Savoyard.

CHAPITRE III

HORTENSE, POUPÉE D'EDWIGE

LA FILLE DE LA DUCHESSE

Vous me demandez mon histoire, dit Hortense d'un air un peu dédaigneux. Mes pauvres petites, elle aura, je le crains, peu d'intérêt pour vous, car les habitudes du monde dans lequel j'ai vécu jusqu'à présent vous sont totalement étrangères. Cependant, je ne veux pas vous chagriner par un refus, et moi-même j'espère trouver quelque plaisir à repasser dans ma mémoire les événements de mon existence. Écoutez-moi donc :

Je suis née, ou plutôt j'ai été apportée peu de temps après ma naissance, dans un magnifique magasin de joujoux du boulevard des Italiens, à Paris; car vous saurez que je suis Parisienne; je n'ai d'ailleurs pas besoin de vous le dire, cela se devine sitôt qu'on m'aperçoit.

On ne me mit pas, comme une poupée vulgaire, dans une montre où le soleil aurait pâli mes fraîches couleurs, où j'aurais été exposée aux remarques (qui sait, peut-être même aux critiques) de tous les passants. Non, non, je fus placée dans une boîte élégante, on arrangea autour de moi mon trousseau qui se composait de tout ce que la mode peut inventer de plus riche et de plus élégant; robes de soie, robes de velours, robes de chambre en peluche blanche garnies de satin; manteaux, gants, chapeaux, éventails, bijoux, etc. Il serait trop long de vous énumérer tous les trésors qu'on enferma avec moi dans la boîte qui me servait de prison.

Comme je ne dormais pas toujours, j'écoutais du fond de cette boîte ce qui se disait dans le magasin.

Un jour j'entendis une voix (j'appris plus tard que c'était la voix d'une femme de chambre), qui disait :

— Oui, monsieur ; madame la duchesse voudrait acheter une belle poupée pour mamoiselle Edwige, et elle vous prie de lui en apporter, demain matin, plusieurs à choisir, ainsi que des petits meubles de poupée.

— Il suffit, mademoiselle, répondit le marchand ; dites à madame la duchesse que j'aurai l'honneur de lui porter, demain matin, ce qu'elle désire. J'ai là justement une poupée superbe que le fabricant m'a envoyée dernièrement et je pense qu'elle pourra lui convenir.

— Je ne sais quel secret instinct m'avertit que c'était de moi qu'il parlait. Je ne dormis pas de la nuit. Jugez de mon émotion quand je sentis le lendemain la boîte où j'étais enfermée s'agiter d'une façon inaccoutumée ! je ne m'étais donc pas trompée ! j'allais donc être présentée à une grande dame, à cette duchesse !... Si j'allais lui plaire ! si elle allait me choisir parmi mes compagnes ! car je pensais bien que le marchand lui portait plusieurs autres poupées en même temps que moi. Quel bonheur, si je voyais de près ce grand monde dont j'avais déjà beaucoup entendu parler dans le magasin de joujoux, mais que je n'avais jamais pu voir, enfermée que j'étais dans cette maudite boîte.

Nous arrivâmes chez la duchesse ; du moins j'en jugeai ainsi par l'immobilité de la boîte, et je ne pouvais m'expliquer alors pourquoi, puisque nous étions arrivés, on ne me sortait pas de ma prison. C'est qu'à cette époque je ne connaissais rien du monde, j'ai su depuis que nous attendions dans l'antichambre que la duchesse de*** pût nous recevoir.

Lorsque après une heure d'attente, qui me parut un siècle, le marchand me tira de la boîte, j'éprouvai une telle émotion que je me serais évanouie si une poupée eût pu s'évanouir. Sept ou huit poupées étaient déjà sur la table. La duchesse nous regarda l'une après l'autre d'un air dédaigneux, puis elle sonna un domestique et lui donna l'ordre de prier mademoiselle de se rendre auprès d'elle.

Au bout de quelques instants, une petite demoiselle de huit à neuf ans fit son apparition. Elle était suivie d'une femme de chambre et d'une institutrice.

— Regardez ces poupées, Edwige, lui dit sa mère, et choisissez celle qui vous plaira le mieux.

Edwige nous regarda l'une après l'autre comme avait fait sa mère, puis elle me désigna du doigt, en disant :

— Je prends celle-ci ; merci, maman.

— Choisissez aussi, reprit sa mère, des meubles pour mettre son trousseau.

Edwige indiqua d'un air assez froid une armoire à glace, un lit en bois de rose, un secrétaire, un fauteuil, une toilette avec tous ses accessoires. La femme de chambre prenait les objets à mesure que la petite fille les désignait. Edwige daigna m'emporter elle-même dans son appartement, où la femme de chambre s'occupa de placer mon mobilier.

— Comment trouvez-vous cette poupée, mademoiselle? dit Edwige à son institutrice.

— Elle est charmante, et je me suis étonnée de vous voir témoigner si peu de joie en recevant ce beau cadeau.

— O mon Dieu! je ne tiens plus beaucoup aux poupées maintenant, je suis déjà trop grande. Mais puisque toutes ces demoiselles en ont, il faut bien faire comme les autres.

— Quels beaux cheveux blonds!

— Oui! ils ne sont pas mal. Mais comment, elle a les yeux bleus! Oh! fi, quelle horreur! Je ne m'en étais pas aperçue! Est-il possible d'avoir des yeux bleus avec des cheveux blonds! C'est du plus mauvais genre! Ce n'est plus la mode! Mademoiselle Rose, ajouta Edwige en s'adressant à sa femme de chambre, veuillez aller chez le marchand et le prier de faire mettre des yeux noirs à cette poupée, il m'est impossible de la garder dans cet état; je serais perdue de réputation.

La femme de chambre me remit dans la boîte que je croyais avoir abandonnée pour toujours, et je dus, pour ce jour-là encore, renoncer à l'espoir de dormir dans le joli petit lit que ma nouvelle maman avait choisi à mon intention.

Le marchand ne témoigna rien de son mécontentement devant la femme de chambre, mais à peine se fut-elle éloignée qu'il ne cacha plus sa mauvaise humeur. Il m'enveloppa tant bien que mal dans un grand papier gris, et m'envoya chez le fabricant qui me fit subir une cruelle opération : il arracha de ma tête mes beaux yeux bleus qui reflétaient l'azur du ciel, et les remplaça par deux yeux noirs et brillants comme du jais.

J'étais désespérée du changement qu'on m'avait fait subir; il me semblait que j'étais devenue laide, mais lorsque Edwige, après m'avoir fait richement habiller par sa femme de chambre, me plaça dans *mon* fauteuil, devant la glace de *ma* toilette, je me trouvai si belle que j'oubliai et mes souffrances et mon chagrin.

Je craignais qu'on ne vînt trop tôt me ravir à cette agréable contemplation, mais deux jours entiers se passèrent sans que l'insouciante Edwige daignât m'accorder un seul regard. J'aurais pourtant bien voulu dormir dans mon joli petit lit; hélas! je ne devais pas de sitôt goûter ce bonheur tant désiré!

Le troisième jour Edwige, reçut la visite de plusieurs de ses amies, à qui elle montra mon trousseau et moi-même.

— Comment s'appelle votre poupée? demanda une grosse petite rieuse de six ans nommée Charlotte.

— Comment? reprit Edwige, vous m'y faites songer; j'ai été si occupée ces jours-ci que j'ai oublié de lui choisir un nom. Comment faut-il l'appeler, mesdemoiselles? conseillez-moi.

— Est-il possible! s'écria Hortense, la sœur de Charlotte; vous avez cette poupée depuis deux jours, et elle n'a pas encore de nom! Mais, ma chère, c'est d'une négligence insoutenable!

— Vous en parlez bien à votre aise, fit nonchalamment Edwige, en appuyant sa tête sur le dos du fauteuil où elle était assise; si vous étiez, comme moi, accablée d'occupations, vous n'auriez pas non plus le loisir de songer à vos poupées.

— Eh! bon Dieu! qu'avez-vous donc tant à faire? s'écria Laurence, une autre amie d'Edwige, âgée de dix ans.

— Ce que j'ai à faire? Mais mes devoirs; mon piano que je dois étudier pendant deux heures chaque jour; ma leçon de piano que je prends pendant une heure; ensuite la leçon de danse et la leçon de dessin. Puis vient l'heure du déjeuner et celle de la promenade. En rentrant j'étudie l'anglais, l'histoire, la géographie, l'arithmétique, la mythologie, la grammaire, la littérature, l'histoire sainte, le catéchisme. Quand il n'y a pas d'étrangers à dîner, je dîne dans la salle à manger, et ma mère m'interroge sur ce que j'ai appris dans la journée. Quand il y a du monde à dîner, je reste dans ma chambre avec mon institutrice; mais ensuite on m'habille et je vais pendant une heure au salon. Comment avec tant d'occupations pourrais-je songer à donner un nom à ma poupée?

Je frémis en écoutant le programme d'une journée de ma petite mère Edwige, car je compris qu'elle ne pourrait guère s'occuper de moi. Mais comme j'ai toujours été douée d'une intelligence supérieure, je réfléchis bien vite que la duchesse n'avait pas plus le temps de s'occuper d'Edwige, qu'Edwige elle-même n'avait le temps de s'occuper de moi; et j'en conclus que, dans le grand monde, on sacrifiait cette tendresse, ces soins minutieux que j'avais rêvé de recevoir de la petite fille qui serait ma maman, à des satisfactions d'amour-propre. Je me promis donc de suivre la mode, et de me trouver heureuse d'être richement vêtue, admirée et enviée; je me promis surtout d'écouter avec attention les conversations d'Edwige avec ses amies, pour apprendre le bon ton et les grandes manières.

— Mais, reprit Hortense, cette poupée ne peut pas se passer d'un nom; toutes les poupées ont des noms; la mienne s'appelle Cécile, celle de Charlotte s'appelle Amélie, celle de Laurence, Edith; vous ne pouvez vous dispenser, chère, de donner un nom à votre fille.

— Croyez-vous? dit Edwige en dissimulant un léger bâillement, eh bien, nommez-la Hortense si vous voulez.

— J'y consens, reprit Hortense; ainsi, voilà que je suis la marraine de cette belle demoiselle.

En disant ces mots, Hortense me prit sur ses genoux, et commença à me déshabiller; puis elle me mit une robe blanche garnie de dentelles, et me présenta à Edwige.

Conversation des deux Poupées.

— Voyez! s'écria-t-elle, comme votre petite Hortense est jolie!

— Mais oui, répondit Edwige, elle n'est vraiment pas mal; je ne la croyais pas aussi belle.

Et ma petite mère me mit à son tour sur ses genoux. J'étais bien fière, car c'était la première fois qu'un pareil bonheur m'arrivait.

Je restai là environ une heure, écoutant la conversation de ces demoiselles qui donnaient d'un ton tranchant leur opinion sur toutes choses. Je m'aperçus que je m'étais fait du monde une idée complétement fausse. Je m'étais figuré que les petites filles bien élevées ne se permettaient jamais d'avoir une opinion à elles, parce que, étant trop jeunes pour avoir l'instruction et l'expérience que donnent les années, elles étaient incapables de juger quoi que ce fût. Combien je me trompais! Edwige et ses amies savaient tout avant d'avoir rien appris; à les entendre on aurait pu croire que chacune d'elles avait vécu cinquante ou soixante ans. Leurs manières, au premier abord, me parurent choquantes; mais pouvais-je, moi qui avais jusque-là vécu renfermée dans une boîte, prétendre en savoir plus que des jeunes filles habituées à voir le monde et recevant tous les jours des leçons de leurs institutrices et d'une foule de professeurs? Je rougis bientôt de mon étonnement, et je résolus, d'acquérir moi aussi cet aplomb imperturbable qui, je le voyais bien, tenait lieu à Edwige de qualités plus réelles.

L'occasion se présenta bientôt pour moi de mettre en pratique mes sages résolutions. Un jour Edwige prit la peine de présider elle-même à ma toilette; elle saupoudra de poudre de riz mes jolis cheveux blonds, elle me mit des petites bottes de satin, une robe de velours noir, un châle des Indes, un chapeau de satin blanc recouvert d'une voilette en point d'Angleterre. Mes doigts en porcelaine rosée disparurent dans des gants de peau, et un manchon de cygne fut attaché à mon cou par un étroit ruban; puis Edwige monta en voiture avec sa mère. Ces dames allaient faire une visite à la maman d'Hortense et de Charlotte; et Edwige avait demandé la permission de me mener voir ma marraine.

Lorsque nous arrivâmes chez Hortense, la première personne qui frappa mes regards fut une poupée à peu près de ma taille, mais qui paraissait un peu plus âgée que moi. Elle était chaudement enveloppée d'une robe de chambre en cachemire violet, et, assise dans un fauteuil au coin de la cheminée, la tête appuyée sur un oreiller, elle se chauffait les pieds.

Hortense et Charlotte, assises près d'une grande table avec leur institutrice, étaient occupées de leurs devoirs.

— Ah! chère demoiselle, s'écria Hortense en nous apercevant; que je suis heureuse de vous voir! Voici ma filleule! je vous sais gré de l'avoir amenée; ma pauvre Cécile a la migraine et vient seulement de se lever; mais le plaisir de faire connaissance avec Hortense va, j'en suis sûre, la guérir tout à fait.

On me fit asseoir auprès de Cécile, qui avait, comme moi, les yeux noirs et les cheveux blonds (c'était la mode), et nous commençâmes à causer tout bas, car vous savez,

Gretchen, que les poupées se comprennent entre elles sans avoir besoin que des formules magiques les animent.

Cécile avait un caractère sérieux ; elle avait beaucoup souffert, et beaucoup changé depuis sa naissance. Elle avait eu jadis des yeux et des cheveux noirs, puis on lui avait mis des yeux bleus, puis la mode étant venue à varier, on lui avait arraché ses cheveux noirs et bouclés pour les remplacer par une longue perruque blonde, pouvant être coiffée selon les divers caprices de la mode. Enfin, quelques mois avant ma visite, Hortense s'étant aperçue que toutes les poupées blondes avaient des yeux noirs, on avait de nouveau remplacé ses yeux bleus par des noirs.

— Si vous saviez, ma pauvre enfant, me dit Cécile en terminant sa lamentable histoire, ce qu'une poupée doit souffrir pour briller dans le grand monde, vous regretteriez comme moi cette fatale beauté dont vous a douée le fabricant de joujoux, et qui vous a interdit l'entrée d'un intérieur moins luxueux, où vous auriez fait le bonheur d'une enfant simple et modeste, qui, à son tour, vous aurait comblée de soins.

Au fond du cœur j'étais du même avis que Cécile, mais l'air de protection avec lequel elle me parlait, me blessa. Je lui répondis donc d'un ton tant soit peu impertinent dont je me félicitai à part moi comme d'un progrès en bon ton :

— Je comprends qu'à votre âge vous parliez ainsi ; les malheurs que vous avez éprouvés, la vue d'autres poupées plus fraîches et plus élégantes que vous (bien entendu je ne parle pas ici de moi) ont dû vous aigrir le caractère. Pour ma part, je ne me plains pas de mon sort, je ne saurais exister sans être entourée de toutes les merveilles du luxe, et je me trouverais fort malheureuse s'il me fallait endurer les tendres soins d'une petite bourgeoise.

En disant ces mots, je ne pus m'empêcher de soupirer ; je songeai malgré moi au lit moelleux acheté pour mon usage, et où je n'avais pas encore reposé une seule fois, car mes nuits se passaient dans mon fauteuil ou sur la table de ma petite mère. Une fois même, Edwige qui m'avait conduite au salon pour me montrer à quelqu'un, m'avait oubliée sur le piano, et les souris avaient osé venir, pendant la nuit, se promener sur mon charmant visage et me tirer les cheveux. Lorsque la femme de chambre me reporta le matin dans la chambre d'Edwige encore couchée, celle-ci ne parut nullement touchée des dangers que j'avais courus et de la triste nuit que j'avais passée.

— Mettez ceci là, dit-elle à mademoiselle Rose.

Ceci ! c'était de moi qu'on parlait avec ce dédain ! Toute ma fierté se révolta, mais nul ne s'en aperçut. Cependant, pour en revenir à mon entretien avec Cécile, vous pensez bien que je n'avais pas l'intention de confier à une étrangère les blessures d'amour-propre que je recevais parfois, aussi, je terminai mon discours par un petit mouvement de tête que j'avais appris d'Edwige, et qui paraissait dire clairement à mes interlocuteurs : Surtout n'oubliez pas la distance qui nous sépare !

Cécile sourit amèrement en me répondant :

Edwige reçoit la visite de ses jeunes amies.

— Je souhaite qu'une cruelle expérience ne vous apprenne pas combien j'ai raison.

Nous continuâmes à discuter pendant quelque temps, et j'étais au milieu d'un superbe discours, tendant à prouver à Cécile que je me considérais comme d'une nature bien supérieure à la sienne, lorsque Edwige sans plus de façon, m'interrompit au milieu d'une phrase et me mit le nez sur son manchon, sans paraître même se douter de ce que j'éprouvais. J'étais si humiliée, si en colère, que je l'aurais volontiers battue. Je pensais que Cécile devait se moquer de moi. Pourtant lorsque ma petite mère m'ayant placée sur son bras dans une situation moins pénible, je pus jeter un regard à la poupée d'Hortense, je ne lus sur son doux visage qu'un tendre intérêt au lieu de l'expression railleuse que je m'attendais à y trouver.

Je rentrai à l'hôtel avec Edwige, et je repris mon existence accoutumée. Plusieurs mois se passèrent ainsi ; à force d'écouter les conversations des personnes qui m'entouraient, je finis par prendre des manières nobles et dignes. Étais-je complétement heureuse ? Je n'aurais pu le dire moi-même ; j'étais très-fière d'être une poupée à la mode, et je me croyais heureuse tant que je ne voyais pas Cécile. Lorsqu'elle venait chez moi avec Hortense, il me semblait parfois que le bonheur dont je jouissais n'était pas le vrai bonheur, et je trouvai que Cécile avait tort de se plaindre, car Hortense la couchait tous les soirs, la levait tous les matins et la faisait asseoir près d'elle pendant les leçons que lui donnait son institutrice. Il est vrai qu'au dire d'Edwige, Hortense avait des goûts trop simples, un caractère trop modeste pour jamais briller dans le grand monde. Quand j'entendais ma petite mère parler ainsi de son amie, je soupirais tout bas, et je rougissais en moi-même du peu d'élévation de mes idées qui me portait quelquefois à regretter de ne pas recevoir de la part d'Edwige des soins plus tendres et plus assidus.

Un jour, jour affreux pour moi, et dont le souvenir me donne encore le frisson, ma petite mère rentra dans sa chambre tout en larmes ; elle vint à moi et m'examina longuement, puis elle dit à mademoiselle Rose :

— Comprenez-vous que la mode des poupées de porcelaine ait passé si vite ! Toutes ces demoiselles ont maintenant des poupées en stuc ! Je viens de chez Valérie qui en a reçu une magnifique. Il m'est impossible de garder celle-ci plus longtemps, je demanderai ce soir à maman de m'acheter aussi une poupée en stuc.

Tout en parlant elle avait ouvert la fenêtre de sa chambre, située au premier étage de l'hôtel, et s'était mise à regarder dans la cour. Un petit Savoyard y jouait justement de la vielle. En entendant le bruit de la fenêtre il leva les yeux et tendit la main à Edwige. Peut-être celle-ci n'avait-elle pas d'argent près d'elle, ou peut-être voulut-elle se venger sur moi de l'humiliation qu'elle avait éprouvée en voyant son amie Valérie posséder une poupée plus moderne que la sienne. Je ne saurais dire quel sentiment la poussa à me traiter avec autant de cruauté, mais le fait est que, sans me donner même un regard d'adieu ou de regret, elle me jeta au petit Savoyard. Celui-ci s'élança et me reçut avant que j'atteignisse la terre; il ne put empêcher toutefois que mon bras n'allât frapper rudement contre la muraille, où il se brisa en petits morceaux.

Vous pouvez imaginer ce que je souffris alors! Le Savoyard se hâta de m'emporter, craignant peut-être qu'on ne voulût pas lui laisser un si magnifique cadeau. A la porte il rencontra un vieux monsieur qui, de la rue, avait vu ce qui s'était passé, et qui lui offrit vingt francs s'il voulait me vendre.

Le petit Savoyard y consentit avec joie, et je fus amenée ici, où, comme vous, je pus enfin exprimer mes pensées.

Hortense se tut; c'était maintenant à l'autre Française à prendre la parole; mais Wilhem avait amené plusieurs poupées pendant le récit de la jolie Parisienne, et il engagea une Allemande nouvellement arrivée à commencer le récit de ses aventures.

Il demanda à Anna s'il voulait lui céder sa poupée en échange
d'un beau ménage en porcelaine.

CHAPITRE IV

CHARLOTTE, POUPÉE D'ANNA

LA FILLE DE LA MARCHANDE

E n'ai pas, dit-elle, l'habitude du grand monde comme Hortense; les riches toilettes qu'elle aime tant ne me conviendraient pas.

Anna, ma petite mère, était la fille d'une marchande de cette ville. Dans le magasin où j'ai été élevée on vendait des étoffes de toutes sortes, des robes, des manteaux, du drap, de la toile.

Personne ne m'a donnée à Anna; elle m'a achetée elle-même. Depuis longtemps elle désirait une poupée, mais sa mère ne la gâtait pas en satisfaisant ses moindres caprices, et elle lui avait dit que si elle voulait une poupée, elle devait la gagner.

Anna allait chaque matin à un externat peu éloigné de la maison qu'elle habitait, et quand, en rentrant le soir, elle apportait à sa mère un billet prouvant que la maîtresse avait été contente de son application et de sa bonne conduite, celle-ci lui donnait quelque menue monnaie.

Anna désirait tant avoir une poupée, elle s'appliqua si bien à tous ses devoirs, qu'au bout de quelques mois elle eut réuni l'argent nécessaire à l'emplette qu'elle projetait.

Elle me choisit, comme vous voyez, de taille moyenne, afin de pouvoir m'habiller avec les petits morceaux d'étoffe qu'elle obtenait facilement dans le magasin de ses parents. Quant à la beauté de mon visage, elle s'en occupa fort peu.

A peine rentrée (c'était un jour de congé), elle commença à me tailler des vêtements, et se mit à les coudre avec activité. Quoiqu'elle eût à peine douze ans, c'était déjà une adroite ouvrière. Au bout de la journée je fus en état de faire ma première visite à la maman d'Anna. La petite fille me porta en triomphe au magasin, j'avais une robe de laine brune, un petit tablier noir; mais j'avais les pieds nus, et personne n'eut l'air de s'en apercevoir; moi-même je ne m'en plaignais pas, car chez nous on ne connaît pas encore toutes vos recherches parisiennes, et les poupées ne portent ni bottes de satin, ni gants de peau.

Le soir, Anna me mit soigneusement dans le tiroir de sa commode, et j'y restai jusqu'au congé suivant, c'est-à-dire pendant huit jours. Je n'étais pas positivement malheureuse, mais je m'ennuyais beaucoup.

Cela dura ainsi jusqu'aux vacances. Anna était habituée à sacrifier toujours le plaisir au devoir; et jamais il ne lui arriva de me donner même un regard lorsqu'elle avait quelque devoir à accomplir.

Aux vacances, la petite fille alla passer quinze jours à la campagne, chez ses cousines Laure et Angèle. Naturellement elle m'emmena, et emporta mon trousseau, qui, à cette époque était, grâce à son travail, devenu très-complet.

Je fus bien heureuse de sortir enfin du tiroir de commode où j'avais été renfermée pendant si longtemps; je vis les champs, les fleurs et la verdure dont je n'avais pas même l'idée. Ce qui m'ennuyait un peu, c'était d'essayer toute la journée les pièces de mon trousseau pour les faire admirer à Angèle et à Laure, mais on n'est pas poupée pour faire toutes ses volontés.

Ce qui me semblait très-doux, c'est qu'Angèle, une petite blonde de six ans, m'avait prise en affection; dès qu'elle pouvait en obtenir la permission d'Anna, elle m'emportait partout avec elle. Par exemple, malgré toute sa tendresse, elle m'oubliait parfois dans le jardin, et ceci fâchait Anna, qui était calme et soigneuse, et qui ne pouvait pas souffrir que rien fût abîmé.

Laure était une demoiselle de quinze ans, qui avait terminé son éducation; mais Angèle n'avait pas encore commencé la sienne. Il fut convenu qu'elle viendrait demeurer avec Anna et qu'elle partagerait sa chambre.

Je me réjouis fort de cet arrangement, car Anna, qui me faisait de belles robes et de jolis manteaux, ne s'occupait jamais de moi. Angèle, au contraire, incapable de rien ajouter à mon trousseau, me prenait dans ses bras dès qu'elle était revenue de l'externat, et me portait sur la porte du magasin, où je m'amusais beaucoup à voir les passants, et à entendre les commis qui leur vantaient les marchandises étalées.

Anna grandissait et devenait de plus en plus raisonnable; elle aidait sa mère à diriger la maison de commerce, mais elle tenait toujours à moi, car elle se souvenait qu'en me faisant un trousseau elle s'était perfectionnée dans l'art de la couture. Pourtant elle ne travaillait plus pour sa pauvre Charlotte (j'ai oublié de vous dire qu'Angèle m'avait donné le nom de Charlotte); elle aimait beaucoup mieux travailler pour elle.

Un jour Angèle vint auprès d'Anna, et, après l'avoir embrassée, lui dit qu'elle avait un grand secret à lui confier.

— Qu'est-ce donc? demanda Anna.

— Je vais te le dire, petite cousine, mais il faut me promettre que tu ne te fâcheras pas.

— Pourquoi me fâcherais-je? qu'as-tu fait?

— C'est que, vois-tu, le vieux Wilhem ; tu sais, Wilhem le sorcier; m'a parlé ce soir tandis que j'étais sur la porte avec Charlotte; et il voudrait avoir Charlotte.

— Avoir Charlotte! Et pourquoi faire?

— Je ne sais pas. Mais il m'a offert un beau ménage en porcelaine si je consentais à lui donner ta poupée.

— Ma pauvre poupée, pour laquelle j'ai tant travaillé! non; non, il ne l'aura pas.

— C'est ce que je lui ai dit, mais il doit revenir ce soir.

— Eh bien, je le verrai; je vais en parler à maman.

La mère d'Anna fut consultée. Elle était fort occupée des affaires de son commerce et n'attachait pas grande importance aux histoires de poupées et de petites filles. Elle répondit aux enfants qu'elle les laissait libres de faire ce qu'elles voudraient, et de donner la pauvre Charlotte à Wilhem le sorcier. J'étais fort peu rassurée en écoutant toutes ces discussions, car j'avais une peur affreuse de Wilhem le sorcier, et le cœur me battait bien fort (sans que cela parût) quand, le soir étant venu, Anna me prit elle-même sur son bras et alla s'asseoir avec Angèle devant la porte du magasin.

C'était un soir d'été, puisqu'il y a de cela huit jours à peine. Le soleil couchant dorait le haut des maisons, tout le monde paraissait content, moi seule j'étais triste, car je savais Anna si raisonnable (trop raisonnable, à mon avis) qu'elle consentirait sans regret à m'échanger contre quelque jouet magnifique et d'une valeur bien plus élevée que la mienne.

Nous étions là depuis un quart d'heure à peine, lorsque le vieux Wilhem arriva. Son air de bonté me rassura un peu ; je m'étais figuré, en l'entendant appeler le sorcier, qu'il devait avoir un extérieur terrible, et je reconnus bientôt que le pauvre homme paraissait triste et malheureux, mais non méchant.

Il demanda à Anna si elle voulait lui céder sa poupée en échange d'un beau ménage de porcelaine.

La jeune fille, qui avait alors quatorze ans et que les jouets ne tentaient guère, refusa malgré la façon significative dont Angèle la tirait par sa robe pour l'engager à conclure ce marché.

Le vieillard lui offrit un charmant petit théâtre qu'elle refusa aussi; des dominos eurent le même sort: une élégante corbeille de bonbons fermée par un sac en soie rose, et qui pouvait servir de corbeille à ouvrage, parut la tenter un instant; elle hésita, mais aussitôt elle réfléchit qu'une corbeille semblable pouvait être arrangée par elle-même, et elle refusa encore.

Cependant Wilhem, qui, s'il n'était pas sorcier, avait du moins assez de pénétration pour deviner souvent les pensées de ses interlocuteurs, s'éloigna en disant :

— Je sais ce qui peut vous plaire, enfant ; je vous l'apporterai demain, et vous me donnerez la poupée.

En effet, le lendemain à la même heure il arriva, et tira d'un de ses paniers un charmant nécessaire en palissandre, à l'intérieur duquel se trouvait d'abord une jolie glace, puis un casier à compartiments, recouvert de velours écarlate et renfermant un dé, des ciseaux, un étui en vermeil, enfin tout ce qui est utile à une bonne ouvrière.

Anna rougit de plaisir en voyant la jolie boîte, et, sans dire un seul mot, elle étendit la main pour la recevoir, tandis que de l'autre elle me présentait à Wilhem le Sorcier.

Angèle poussa un cri de douleur. Elle appréciait fort peu le beau nécessaire, et se voyait privée de son unique distraction.

— Tenez, enfant, lui dit Wilhem touché de sa douleur ; prenez ce ménage de porcelaine qui vous faisait envie. Et vous, Anna, souvenez-vous que si l'amour du travail est une chose louable, il ne dispense pourtant pas de toute autre qualité. Je ne vous blâme pas, du moment que vous n'êtes plus une enfant et que vous avez les goûts des grandes personnes, d'avoir préféré un nécessaire à votre poupée ; mais j'aurais aimé vous voir penser à votre petite cousine et au chagrin que vous alliez lui causer. Rappelez-vous qu'en ce monde on ne saurait être heureux en ne songeant qu'à soi, sans jamais s'inquiéter du bonheur des autres. En disant ces mots, le sorcier me mit dans son panier, et il m'amena ici, où, grâce à lui, j'ai pu vous raconter mon histoire.

La fille de la Fermière.

CHAPITRE V

TOINON, POUPÉE DE JACQUELINE

LA FILLE DE LA FERMIÈRE

A poupée qui prit la parole après Charlotte était vêtue en Alsacienne. C'était une de ces poupées communes qu'on vend vingt-cinq sous dans toutes les petites boutiques de Strasbourg. Elle n'était pas belle ! il s'en fallait de tout ; car la fraîcheur qu'elle avait dû posséder jadis avait complétement disparu ; ses habits, cousus après son corps, étaient chiffonnés et malpropres ; enfin la pauvre Alsacienne faisait pitié.

Elle commença son récit dans un français qui ne valait guère mieux que son costume, et que moi, Gretchen, je dois m'efforcer de rendre à peu près compréhensible, après avoir toutefois écrit exactement ses premières phrases pour en donner une idée :

« Pour lors, mestames, commença-t-elle, puisqu'il faut que tout le monte tise son histoire, che feux pien fous tire la mienne. Il y afait près te Chtraspourg une tame qui afait tes fermiers ; un te ces fermiers afait une petite fille te neuf ans, qu'on appelait Chacqueline, et à qui la tame, qui était très ponne, apprenait à lire. »

Jacqueline n'aimait pas à apprendre à lire, elle aurait bien voulu ne pas fâcher la dame, mais elle avait la tête si dure qu'aussitôt qu'elle prenait son livre, l'envie de dormir lui venait, et elle bâillait tout le temps de la leçon. Ceci ennuyait beaucoup la dame, qui ne savait plus quel moyen employer pour donner à Jacqueline le goût de la lecture.

Une fois, cependant, elle s'avisa de lui promettre, si, pendant un mois, Jacqueline faisait tous ses efforts pour bien apprendre à lire, de lui rapporter une poupée de Strasbourg, où elle devait aller. Une poupée à Jacqueline ! c'était plus qu'elle n'avait jamais osé rêver.

Elle dissimula de son mieux ses bâillements ; elle s'efforça de ne pas montrer à quel point le temps de la leçon lui semblait long ; enfin, elle s'appliqua si bien, qu'à la fin du mois elle connaissait ses lettres et commençait à assembler les syllabes.

La bonne dame, pour l'encourager, lui rapporta, suivant sa promesse, une poupée de Strasbourg. C'était moi.

Jacqueline fut en extase quand elle m'aperçut. Oui, vous avez beau rire, ma belle demoiselle Hortense, au bras cassé ; elle me trouva si jolie qu'elle n'osait pas même me prendre des mains de la dame. Elle était tout interdite, rouge et confuse, elle balbutiait et était incapable de faire entendre un remerciement intelligible.

Quand la dame, souriant de son émotion, m'eut placée entre ses mains, Jacqueline se sauva avec moi, comme si elle m'eût volée.

Elle arriva auprès de sa mère, qui était occupée à préparer la soupe des travailleurs :

— Vois, mère, s'écria-t-elle tout essoufflée ; vois ce que la dame m'a donné !

— Tiens ! quoi donc que c'est que ça, mon enfant ? Mais c'est une poupée, je crois ! Voyez donc, vous autres, comme elle est bien attifée ; est-elle brave ! elle est coiffée comme moi quand je mets le dimanche ma belle toilette !

— Ma fille, répétait Jacqueline toute joyeuse, en dansant autour de la chambre ; c'est à moi, c'est ma fille, cette belle poupée-là ! La dame a dit que c'est pour moi

— Et comment l'appelleras-tu, ta fille ? lui demanda son père, qui se préparait à manger la soupe, et qui, malgré sa rudesse, était heureux du bonheur de son enfant.

— Comment ? Ah ! je ne sais pas. Si, je sais ; je l'appellerai Toinon ! C'est un beau nom, n'est-ce pas ?

— Oui, ma fille, c'est un beau nom, reprit sa mère ; mais, ah ça ! tu sais donc lire, toi, maintenant ?

Jacqueline baissa la tête et mit ses doigts dans sa bouche, suivant son habitude quand elle était embarrassée.

— Je vois ce que c'est, reprit le père, la dame est trop bonne ; elle a donné la poupée à l'enfant, mais Jacqueline est toujours aussi paresseuse. Bon ! bon ! gare si je m'en mêle !

La fermière fit signe à la petite de sortir, et celle-ci ne se fit pas prier, car elle craignait son père, non sans raison, et elle savait bien qu'il ne plaisantait pas avec les paresseux.

Elle monta au grenier, et fit dans un coin un lit de paille pour moi ; puis après m'y avoir posée un instant, elle me prit, regarda ma robe, mon corsage, les rubans noirs de ma coiffure. Elle admirait mes yeux, qui semblaient la regarder, et elle m'embrassait si fort qu'en moins de rien elle eut la figure barbouillée de peinture.

Le lendemain, quand vint l'heure de la leçon de lecture, Jacqueline m'emporta avec elle.

— Eh ! bon Dieu ! s'écria la dame, qu'as-tu donc fait à ta poupée ?

— A Toinon?

— Ah! tu l'appelles Toinon! Eh bien, qu'as-tu fait à Toinon? elle a perdu la moitié de ses couleurs.

— Ah! dame, moi, je ne sais pas; je ne lui ai rien fait à Toinon.

— Regarde-la.

Jacqueline, en s'apercevant qu'en effet une partie de mes couleurs avait été enlevée, baissa la tête avec tristesse et confusion.

La leçon de lecture se ressentit de son chagrin; Jacqueline fut distraite, elle écoutait à peine les observations de la bonne dame, surprise et peinée de son ingratitude.

Quand la leçon fut finie, elle s'enfuit au fond du jardin avec moi, me grondant de ce que j'avais perdu mes couleurs, me demandant comment un pareil malheur avait pu m'arriver, puis m'embrassant tout à coup de toutes ses forces, en me priant de ne pas devenir malade comme elle l'avait été l'année précédente, ce qui l'avait rendue toute pâle.

Les jours suivants, elle apporta à sa leçon la même inattention, si bien que la dame, à bout de patience, lui dit enfin :

— Jacqueline, j'avais cru vous rendre meilleure et vous encourager à bien faire en vous donnant une poupée; je vois au contraire que vous êtes devenue, depuis que vous l'avez, plus insoumise et plus paresseuse; je ne veux plus vous donner de leçons; vous n'avez pas besoin de revenir demain.

Jacqueline ne pensa ni à la colère de son père, ni au chagrin de sa mère; elle s'en alla au jardin avec moi, en me répétant mille fois qu'elle était bien contente de ne plus apprendre à lire. Naturellement, je pensais comme elle, car les poupées pensent toujours comme leurs petites mères, et j'étais enchantée de l'idée que je ne retournerais plus avec Jacqueline à ces leçons de lecture qui m'ennuyaient fort.

Ceci alla bien pendant quelque temps, nous étions toujours au jardin à jouer ensemble; Jacqueline avait, il est vrai, une habitude qui m'ennuyait un peu, elle se servait de moi comme d'une balle, me lançait en l'air et me rattrapait avec assez d'adresse, ce qui me causait pourtant de violentes secousses qui m'étaient fort désagréables; mais, comme le disait tout à l'heure Charlotte, les poupées doivent tout endurer sans se plaindre.

Jacqueline n'avait pas osé dire à ses parents qu'elle ne prenait plus de leçons de lecture. Quand l'heure d'aller trouver la dame était venue, et que la fermière envoyait sa petite fille au château, celle-ci sortait avec moi, comme si en effet elle eût eu l'intention d'obéir; mais au lieu d'aller au château, nous allions dans les champs, dans les bois; Jacqueline dénichait des oiseaux tandis que je l'attendais, mollement couchée sur l'herbe; ah! c'était un heureux temps! Malheureusement le hasard amena un jour le père de Jacqueline juste à l'endroit où nous nous reposions après une longue course. Ma petite mère mangeait des mûres qu'elle avait cueillies, et avec le jus desquelles elle me barbouillait le visage pour tâcher de m'en faire manger quelques-unes.

Le fermier fut bien surpris de voir là sa fille qu'il croyait au château, paisiblement occupée à prendre sa leçon de lecture :

— Que fais-tu là, paresseuse? s'écria-t-il.

— Papa, balbutia la petite, je... je... je me promène.

— Tu te promènes! Et pourquoi n'es-tu pas à prendre ta leçon? Allons, allons, debout, et plus vite que ça ; je vais te conduire moi-même au château, et je te promets que je te recommanderai à la bonne dame.

— Papa, c'est que...

— C'est que quoi? Tu ne veux pas marcher? Attends, veux-tu que je t'aide?

Jacqueline savait trop de quelle manière son père comptait l'aider. Pourtant elle ne pouvait se résoudre à l'accompagner au château, car elle pensait bien que là toute la vérité serait connue. J'étais moi-même transie de peur, et elle me serrait contre elle de manière à m'étouffer, si c'eût été possible. Comprenant que son silence ne faisait qu'augmenter la colère de son père, elle se décida enfin à parler.

— C'est que, dit-elle en hésitant, la dame ne veut plus me donner de leçons.

— Elle ne veut plus te donner de leçons, dis-tu? Ou c'est un mensonge, ou tu as fait quelque grosse sottise pour la fâcher. Et depuis quand ne vas-tu plus au château? car je pense bien que ce n'est pas d'aujourd'hui.

— Depuis, murmura Jacqueline, depuis six semaines.

— Depuis six semaines! Fainéante, menteuse! Ah! c'est ainsi que tu nous trompes! et depuis six semaines tu es à vagabonder quand nous te croyons au château! Tiens, tiens, voilà pour ta peine, et tiens encore, paresseuse, méchante fille qui trompes ses parents! Mais tu vas venir avec moi chez la dame, et tout s'expliquera, et tu lui demanderas pardon à genoux, entends-tu bien, à genoux, menteuse!

Jacqueline criait et sanglotait à fendre l'âme, tandis que son père la battait. En voulant se garer des coups qu'il lui administrait sans compter, elle me laissa tomber :

— Toinon! s'écria-t-elle en se précipitant pour me ramasser; Toinon! Toinon!

— Toinon! dit son père étonné, qu'est-ce que c'est que ça? Ah! fit-il en m'apercevant, c'est la poupée que la dame t'a donnée; je devine maintenant la cause de ta mauvaise conduite; car c'est depuis que tu as ce maudit joujou que tu nous trompes et que tu ne fais plus rien ; eh bien, tiens, il ne t'empêchera plus d'être bonne fille !

Le fermier me saisit et me lança avec force par-dessus le treillage qui séparait le champ où nous étions du chemin de fer qui va de Paris à Strasbourg.

Je restai là, sans mouvement, bien entendu, craignant toujours qu'un train ne vînt à me passer sur le corps; heureusement un employé m'aperçut et me ramassa ; comme je suis d'une nature très-robuste je n'avais reçu dans cette terrible chute que quelques contusions sans gravité. Il appela la petite fille d'un garde de barrière qui jouait sur sa porte, et lui dit :

La fille de la Fermière.

— Tiens, petite, voilà ce que j'ai trouvé sur la voie ; prends ça pour t'amuser.

La petite me prit avec joie ; mais comme un train arriva au même instant, venant de Paris, elle alla chercher un panier renfermant des bouquets de fleurs des champs qu'elle offrit aux voyageurs, et en échange desquels elle reçut quelques sous.

Elle me tenait toujours à la main.

Un vieux monsieur qui était dans l'un des wagons m'aperçut et appela la petite fille.

— Veux-tu vendre ta poupée? lui dit-il.

— Tout de même, monsieur, répondit-elle en riant, car elle croyait qu'il plaisantait.

— Eh bien, je vais te donner cette belle pièce de quarante sous toute neuve ; donne-moi ta poupée.

L'enfant reçut la pièce, me donna au vieux monsieur, et le train partit.

Vous avez deviné sans doute, mesdames, que ce vieux monsieur était Wilhem le sorcier, et que c'est lui qui m'a amenée ici.

CHAPITRE VI

JEANNE, POUPÉE DE MARTHE

LA FILLE DU CAPITAINE

Puisqu'on veut bien enfin me permettre de parler, chose que j'aurais dû faire depuis longtemps, commença la nouvelle conteuse, je vous dirai, mesdemoiselles, que je m'appelle Jeanne ; ma petite mère s'appelait Marthe ; elle était fille d'un capitaine et avait perdu sa mère depuis longtemps.

Je fus donnée à Marthe par son oncle, un officier en retraite, qui la gâtait beaucoup, qui l'aimait encore plus qu'il ne la gâtait, et qui s'appelait Jean, ce qui fit qu'on me nomma Jeanne.

Marthe avait douze ans, elle était jolie, avec de beaux cheveux noirs tout bouclés, et de grands yeux noirs aussi, vifs et intelligents. Je lui ressemblais un peu, c'est pourquoi mon parrain m'avait choisie ; je n'ai pas les bras de porcelaine, les membres articulés des poupées modèles ; mais ma tête est en porcelaine, mes cheveux sont beaux ; enfin, Marthe me trouva charmante, c'était tout ce que voulait mon parrain, qui fut heureux de la joie qu'elle témoigna en me recevant.

Marthe était une enfant gâtée, elle m'aimait beaucoup, et j'étais fort heureuse avec elle ; elle m'apprenait la gymnastique, me faisait aller en balançoire, me conduisait dans l'écurie où elle me mettait sur le dos des chevaux ; je m'habituai vite à ce genre de vie, et je pris bientôt goût aux exercices violents.

Le père de Marthe était souvent forcé de voyager ; je visitai ainsi les plus belles villes de France. Marthe était vive et gaie, c'était un plaisir que de voyager avec

La fille du Capitaine.

elle. Je ne m'ennuyais jamais; elle me tenait sur ses genoux et me racontait de belles histoires, car ma petite mère aimait beaucoup à parler. Elle avait aussi très-bon cœur; quand nous rencontrions des pauvres sur notre route et qu'elle n'avait rien à leur donner, elle devenait toute triste; mais il est vrai de dire que l'insouciance de son caractère reprenait bientôt le dessus et que sa tristesse ne durait pas longtemps.

Moi-même j'ai un caractère insouciant, et c'était fort heureux pour moi, car si je m'amusais beaucoup, en revanche je n'étais pas toujours très-bien soignée; Marthe ne savait pas coudre, elle n'avait pas même l'idée de me faire des habits, et j'ai encore maintenant la robe que j'avais quand mon parrain m'a achetée. Quelquefois elle me déshabillait, m'enveloppait dans un mouchoir de poche, et pliait soigneusement tous mes vêtements, pour les trouver le lendemain plus frais et mieux repassés. Mais le lendemain elle oubliait de me remettre mes habits; il s'agissait d'une promenade à cheval, d'une leçon de gymnastique, d'une partie de plaisir avec ses amies; comme je n'étais pas habillée, on ne pouvait m'emmener; et dès qu'elle ne me voyait plus, Marthe m'oubliait. Je restais quinze jours ou trois semaines enveloppée dans le mouchoir de poche et abandonnée dans un coin; puis, lorsqu'enfin on pensait à moi, mes habits étaient égarés, il fallait perdre un temps considérable avant de les retrouver, et cela impatientait fort ma petite mère, qui se mettait assez souvent en colère, et qui, certes, n'aurait pas enduré l'injustice qu'on m'a faite ici en donnant la parole avant moi à deux poupées arrivées bien longtemps après moi. Mais, passons; je n'aime pas les paroles inutiles. Vous souriez d'un air moqueur, mademoiselle Hortense, vous aussi mademoiselle Gretchen? qu'ai-je donc dit de si ridicule? je serais curieuse de le savoir, et je vous prie, mesdemoiselles, de me l'apprendre. Voilà notre vieux sorcier Vilhem qui me menace, si je me fâche, de me rendre muette comme je l'étais. Cette menace ne saurait m'effrayer, car il n'y a pas de poupée moins bavarde que moi. Mais en effet, il est inutile de se fâcher, et pour vous donner l'exemple de la modération, mesdemoiselles qui vous moquez de celles qui valent beaucoup mieux que vous, je vais reprendre mon récit.

Le père de Marthe n'avait pas le temps de s'occuper de sa fille; il faisait venir trois fois par semaine un vieux professeur qui lui donnait des leçons de lecture, d'écriture, de calcul et d'orthographe. Marthe, qui était très-intelligente, comprenait bien ce que son professeur lui disait, mais elle était si étourdie qu'elle oubliait toujours de faire les devoirs qu'il lui donnait et d'apprendre ses leçons.

Elle avait pris aussi l'habitude de se moquer du vieux professeur; et je l'imitais de mon mieux, (intérieurement, bien entendu, puisque je n'avais pas alors le pouvoir d'exprimer mes pensées).

Ce professeur était un homme très-doux, très-calme, très-triste et très-savant; quelquefois Marthe regrettait les plaisanteries qu'elle se permettait et qui le chagrinaient; alors moi je regrettais aussi les miennes; nous prenions toutes deux la résolution de témoigner à l'avenir plus de respect à l'excellent M. Duval, mais nos bonnes résolutions ne duraient guère, et dès que l'occasion s'en présentait, nous recommencions nos espiègleries, que Marthe racontait ensuite à ses cousins, lycéens de douze et quatorze ans, qui en riaient comme des fous.

Un jour (c'était en été) Marthe, pour effrayer son vieux professeur au milieu de la leçon, s'était procuré de la poudre et un de ces petits tubes en fer, que les enfants appellent pistolets, et qui sont formés de deux parties arrangées de telle sorte qu'en tirant la seconde, la poudre contenue dans la première fait explosion.

Naturellement le professeur ne se doutait de rien ; Marthe affectait d'apporter à sa leçon la plus grande attention ; j'étais sur la table, à ma place accoutumée, et je m'apercevais fort bien qu'elle dissimulait de son mieux le pistolet dans les plis de sa robe de mousseline.

Soudain, une détonation se fit entendre ; M. Duval jeta un cri et se leva ; mais Marthe n'eut pas le temps de jouir de l'effet de sa malice : Pour mieux dissimuler, elle avait tiré le pistolet sans même le regarder et sans songer à l'éloigner d'elle, le feu s'était communiqué à ses légers vêtements ; en moins d'une seconde la pauvre petite fut environnée de flammes.

—Une couverture ! un tapis ! s'écriait M. Duval éperdu, en s'efforçant d'étouffer les flammes avec ses mains sans s'inquiéter de les brûler.

Malheureusement il n'y avait dans la chambre ni tapis ni couverture.

L'excellent homme ôta vivement son habit, il en enveloppa la petite fille, et réussit enfin à se rendre maître du feu.

Mais Marthe avait de graves brûlures ; elle dut garder le lit et la chambre pendant assez longtemps.

M. Duval vint assidûment la visiter pendant sa convalescence, et la pauvre enfant ne se lassait pas de lui exprimer son repentir pour les mauvais tours qu'elle lui avait joués si souvent.

—J'ai bien mérité ce qui m'est arrivé, répétait-elle ; c'est la juste punition de mon mauvais cœur.

—Non, enfant, reprenait M. Duval, qui la consolait de son mieux ; vous n'avez pas mauvais cœur ; au contraire, votre cœur est bon, et c'est lui qui vous corrigera de votre penchant à l'espièglerie.

Marthe se rétablit enfin, mais elle conserva le souvenir de sa triste aventure, et devint aussi calme, aussi douce, qu'elle était jadis vive et emportée. Elle perdit complètement le goût des exercices violents qui faisaient autrefois son bonheur, et demanda à son père de lui donner une institutrice. Malheureusement au moment où ce dernier se disposait à remplir le désir de sa fille, il reçut l'ordre de quitter la ville, et d'aller à l'autre bout de la France.

Marthe, les larmes aux yeux, vint faire ses adieux au bon vieux professeur.

— J'aurais voulu, lui dit-elle, vous laisser un souvenir de moi, qui puisse vous rappeler en même temps que la méchanceté dont j'ai fait preuve à votre égard, mon repentir et la générosité avec laquelle vous avez exposé votre vie pour sauver la mienne.

— Voulez-vous, vraiment, enfant, me laisser un souvenir; non pas, comme vous le dites, de votre méchanceté, mais de la manière dont vous avez su réparer une faute causée par votre étourderie, et dont vous-même, d'ailleurs, aviez été la victime?

— Oh! si je le veux! monsieur Duval! mais c'est tout mon désir; et si vous me donnez un moyen de me rappeler sans cesse à votre souvenir, vous me rendrez bien heureuse!

— Eh bien, donnez-moi Jeanne.

— Jeanne! s'écria Marthe, qui crut avoir mal entendu.

— Oui, Jeanne, votre poupée.

— Ma poupée! mais, reprit Marthe, qui malgré sa résolution de se corriger de son penchant à la raillerie, retenait à grand'peine une violente envie de rire; mais, monsieur Duval, est-ce que vous voulez jouer à la poupée?

— Non; mais vous paraissez désirer que le souvenir que vous me laisserez me rappelle une scène terrible et qui a exercé une grande influence sur votre caractère. Cette poupée était sur la table le jour où vous avez failli être brûlée vive, et j'avais remarqué que, pendant la leçon vous lui faisiez des signes d'intelligence, comme si elle eût été capable d'être de complicité avec vous. D'ailleurs, elle vous ressemble d'une étrange manière, et, en me la donnant, c'est presque votre portrait que vous me laisserez.

— Je vous comprends, reprit Marthe; oui, vous avez raison, monsieur Duval, Jeanne est en effet le meilleur souvenir que je puisse vous laisser de moi; je vous la donne avec joie; puisse-t-elle vous rappeler surtout le regret que j'éprouverai toujours des méchants tours que j'ai osé vous jouer si souvent!

Je restai donc avec M. Duval, qui me posa sur un meuble dans son salon, et me recouvrit d'un globe de verre. Je ne bougeai pas de là pendant plusieurs années, et je dus entendre bien des fois l'histoire de Marthe et de la façon surprenante dont elle s'était corrigée de son goût pour les espiègleries. En terminant son récit, le professeur avait l'habitude de conduire ses auditeurs devant moi et de leur dire :

— Cette poupée ressemble à Marthe d'une manière frappante, je puis dire qu'elle a été témoin de l'accident arrivé à ma pauvre petite élève, car elle était en face de nous sur la table qui servait à nos leçons, et ses yeux noirs, dont vous pouvez remarquer l'expression malicieuse, semblaient encourager Marthe dans son mauvais dessein.

Le bon vieillard mourut, et, comme il n'avait pas d'héritiers directs, on vendit à l'enchère tout ce qu'il possédait. Je fus adjugée à un marchand de curiosités, habitant Strasbourg, et de passage dans la ville que M. Duval habitait. Peut-être ne m'aurait-il

pas achetée, mais j'étais comprise dans un lot de vieilles porcelaines de Chine, et il
m'emporta par-dessus le marché.

Arrivé chez lui, il me jeta dans une corbeille, avec des tasses cassées, des soucoupes
ébréchées, et plaça la corbeille devant sa boutique. Wilhem, que vous connaissez toutes,
et qui était alors à Strasbourg, m'acheta et m'amena ici, où je fus bien étonnée de
pouvoir parler avec autant de facilité que le faisait ma petite mère Marthe.

La fille de la Charbonnière.

CHAPITRE VII

FANNY, POUPÉE DE CHARLOTTE

LA FILLE DE LA CHARBONNIÈRE

ESDAMES, commença la petite Fanny, toute confuse de prendre la parole devant tant de monde; vous allez vous moquer de moi, car je suis bien laide, et même un peu malpropre, parce que j'ai passé une partie de mon existence exposée à la poussière du charbon. Cependant, si vous avez bon cœur, vous m'aimerez quand vous aurez entendu mon histoire, car elle est bien triste, et j'ai beaucoup de chagrin.

Charlotte est la fille d'une charbonnière, qui ne demeure pas loin de la maison où nous sommes maintenant. Elle n'avait que cinq ans lorsqu'elle devint ma petite mère, et elle en avait dix quand je l'ai quittée, il y a deux jours.

Son père l'aimait tendrement, car elle était bonne et douce; quoiqu'elle fût bien petite et bien faible, elle s'efforçait déjà, à cinq ans, de venir en aide à sa mère; elle lui rendait tous les petits services qui dépendaient d'elle, et trouvait moyen d'être fort utile dans le ménage.

Un jour, son père reçut une belle pièce d'argent comme pourboire d'une pratique chez laquelle il était allé porter du charbon. Heureux de cette bonne aubaine, il courut jusqu'à la boutique du marchand de joujoux, qui était assez éloignée, pour me rapporter à sa petite fille.

Comme il se hâtait de rentrer chez lui, en me tenant à la main, un autre charbonnier, qui avait bu un peu plus que de raison, l'aperçut et commença à se moquer de lui parce qu'il portait une poupée.

Le papa de Charlotte n'était pas patient; il répondit des injures, et bientôt l'on en

5

vint aux coups. Le brave homme, avant de commencer la lutte, avait eu soin de me mettre en sûreté; il reçut un coup de poing dans la poitrine, et tomba sans connaissance. Son adversaire alors revint à la raison; il fut désespéré, il lui prodigua des soins en s'accusant de l'avoir tué. Le malheureux n'était pas mort cependant; il reprit assez de connaissance pour qu'on pût le transporter chez lui. Malgré ses souffrances, il n'oublia pas de me reprendre, et me mit entre les mains de Charlotte.

Celle-ci, quand elle entendit le récit du malheur arrivé à son père, fondit en larmes, et comme on ne lui permettait pas d'aller embrasser le blessé, elle m'embrassa de tout son cœur en disant :

— Oh! que tu me coûtes cher, petite poupée! papa est bien malade, et c'est pour moi, pour que j'aie une poupée! Bon petit père! Mon Dieu! guérissez papa! Petite poupée, tu es jolie; je t'appellerai Fanny. — Allons voir comment va papa. — Comme je voudrais l'embrasser! — Petite Fanny, tu as les mains rouges, tu as froid, je te tricoterai des mitaines. — Mon Dieu! faites que papa soit guéri demain, et qu'il puisse m'embrasser comme à l'ordinaire! Et la pauvre petite, tantôt pleurant et priant Dieu pour son père, tantôt souriant à sa poupée, finit par s'endormir dans le coin où on l'avait oubliée, car le charbonnier allait de plus en plus mal, et il était facile de voir qu'il ne vivrait pas longtemps.

En effet, le lendemain, Charlotte n'avait plus de père. Elle ne comprit pas bien alors ce que c'était que de mourir; je ne le comprenais pas non plus, mais elle trouvait que son papa qui l'aimait tant était bien longtemps sans revenir, et que c'était bien triste de voir toujours pleurer sa mère. Elle lui demandait souvent où son papa était allé, et s'il reviendrait bientôt? La mère lui répondait :

— Il est allé au ciel, et il ne viendra pas. Il nous attend, au contraire, et c'est nous qui irons le rejoindre.

— Eh bien, maman, il faut y aller tout de suite, dis, veux-tu, mère chérie? Est-ce bien loin le ciel?

Les questions de l'enfant redoublaient la tristesse de la mère, et Charlotte voyant celle-ci pleurer sans lui répondre, venait me chercher, elle m'asseyait sur ses genoux, et me racontait que nous irions un jour voir son papa dans le ciel, qu'elle m'emmènerait, et que lui serait bien content de nous voir.

Cependant, la pauvre mère, restée seule avec sa petite fille, voulut conserver le commerce de son mari pour subvenir aux besoins de son enfant, et travailla plus que ses forces ne le lui permettaient. Cela alla bien pendant assez longtemps, la petite l'aidait de son mieux, et pendant tous les instants qu'elle avait de libres elle venait jouer avec moi, me soigner, me chanter de jolies chansons. Oh! j'étais bien heureuse avec ma petite mère Charlotte, quoiqu'elle ne sût pas me faire de belles robes, m'habiller et me déshabiller.

Au bout de quelques années, la santé de la mère de Charlotte devint moins bonne; ses forces diminuèrent. Elle voulut continuer à travailler lorsqu'elle aurait eu, au contraire, grand besoin de repos; si bien qu'elle finit par tomber dangereusement malade, et par ne plus pouvoir se lever; il y a de cela trois ou quatre mois.

Charlotte essaya d'abord de continuer à répondre aux acheteurs; mais ils n'avaient pas confiance dans une enfant de dix ans, et ils oublièrent bientôt le chemin de la maison.

On employa d'abord l'argent qui restait, à acheter à la malade quelques tisanes conseillées par des voisines, et un peu de nourriture pour Charlotte; mais cet argent ne dura pas longtemps. La petite fille fut nourrie par les bonnes voisines, qui elles-mêmes n'étaient pas riches, et qui, voyant l'état de la malade empirer, ne savaient plus quelles tisanes conseiller.Tout le monde disait que si on pouvait voir le médecin, il saurait, bien sûr, guérir la pauvre veuve. Charlotte, qui, plus grande, savait que sa maman pourrait mourir à son tour, était désespérée et cherchait en vain les moyens de la soulager.

Sur ces entrefaites, Wilhem le sorcier, qui, en passant devant la boutique, avait remarqué souvent la petite fille assise sur le seuil de la porte et me parlant avec tendresse, vint lui offrir de m'échanger contre un beau ménage de porcelaine.

— Non, non, dit l'enfant, qui refusa avec indignation; donner ma chère petite poupée Fanny? oh! jamais! quand bien même vous m'offririez dix ménages plus beaux que celui-là.

Et me serrant sur son cœur, ce qui me rendit toute noire, car sa robe était salie par la poussière du charbon, elle m'embrassa de toutes ses forces.

Le lendemain Wilhem revint, apportant un théâtre complet, mais il échoua encore.

Le surlendemain ce fut un jeu de patience; puis un beau nécessaire; un petit lapin qui battait du tambour; un tableau dont tous les personnages remuaient; mais aucune de ces merveilles ne tentait Charlotte, qui répétait toujours:

— Je ne céderai ma Fanny pour rien au monde! c'est mon pauvre père qui me l'a donnée; c'est en me l'apportant qu'il a reçu la blessure dont il est mort. Non, non, monsieur Wilhem, il est inutile de rien m'offrir de plus; je garde ma poupée, et tous vos présents ne pourront me décider à m'en séparer.

Wilhem n'insista plus, mais il revint encore les jours suivants causer avec Charlotte, qui lui raconta son chagrin, et l'inquiétude qu'elle éprouvait au sujet de la santé de sa mère.

— Il dépend de vous, lui dit un jour le sorcier, de rendre la santé à votre mère; donnez-moi Fanny (Wilhem savait mon nom); je vous donnerai en échange cette pièce d'or pour payer les visites du médecin, et je payerai chez le pharmacien les médicaments qu'il ordonnera.

En disant ces mots, Wilhem présentait à Charlotte une pièce d'or neuve et toute brillante.

La petite m'embrassa convulsivement, et une larme, une seule, roula sur sa joue:

— Tenez, dit-elle au sorcier, prenez, elle est à vous; j'aime bien ma poupée, mais j'aime encore cent fois mieux ma maman.

J'avais le cœur serré en entrant dans le panier que Wilhem portait à son bras, j'aurais voulu rencontrer une fois encore le regard de ma chère petite maman Charlotte, mais elle détournait tristement la tête, et sa main qui tenait la pièce d'or tremblait comme une feuille agitée par le vent.

J'eus la consolation pourtant, avant d'arriver dans cette maison, d'apprendre que le sacrifice de Charlotte n'avait pas été inutile. Wilhem, après avoir fait dans la ville sa promenade habituelle, alla chez le pharmacien pour le prévenir qu'il payerait tout ce qui serait nécessaire à la mère de la bonne petite fille; et là, il rencontra le médecin qui venait de visiter la pauve veuve, et qui assura Wilhem de la guérison de sa malade.

Je ne me sentis pas d'aise en apprenant cette bonne nouvelle, et elle adoucit un peu le cruel chagrin que j'éprouve d'être privée des tendres soins de ma petite maman Charlotte.

La fille de la Maîtresse d'Anglais.

CHAPITRE VIII

BETSY, POUPÉE DE NELLY

LA FILLE DE LA MAITRESSE D'ANGLAIS

ous vous étonnez, mesdemoiselles, en admirant ma tête et mes mains en stuc, mes beaux yeux, mes longs cheveux blonds, de me voir mise avec simplicité. Mademoiselle Hortense, qui avait cru trouver en moi une compagne, en remarquant ma tournure aristocratique, me regarde d'un air dédaigneux depuis qu'elle a compris que je ne partage pas ses sentiments. Cependant, elle ne doit pas s'en étonner, car, quoique d'aussi bonne maison qu'elle (pour le moins), je n'ai pas été élevée de la même manière, et je m'en fais gloire. Qui dit duchesse peut ne pas vouloir dire grande dame par les sentiments, par l'éducation. Pour qu'une duchesse soit vraiment une grande dame, il faut que son éducation comme ses sentiments, soient en rapport avec sa naissance.

Je suis Française, malgré mon nom de Betsy, mais ma petite mère Nelly et sa maman sont nées en Angleterre. La grand'mère de Nelly, Française comme moi, avait émigré à la révolution; elle mourut peu de temps après la naissance de sa petite-fille.

Au bout de quelques années, la maman de Nelly, restée veuve, put venir en France; mais il lui fut impossible de rentrer en possession de la fortune de sa famille, et elle n'eut d'autre ressource, pour élever son enfant, que de se mettre à donner des leçons d'anglais.

Ses malheurs, sa distinction, ses talents, quelques anciens amis de sa famille lui firent trouver des leçons, la noble et courageuse femme put mener une vie digne et laborieuse et assurer le sort de sa petite fille.

Nelly ne quittait pas sa maman, elle assistait aux leçons que celle-ci donnait à de jeunes filles étrangères; puis le soir, lorsqu'elles étaient toutes deux seules dans le petit appartement qu'elles occupaient, l'enfant recevait à son tour les leçons de sa mère et elle en profitait. C'étaient des heures bien heureuses que celles-là, et la leçon était toujours trop tôt finie, au gré de l'institutrice comme au gré de l'élève.

Nelly avait un grand-oncle, frère cadet de sa grand'mère, vieillard fort original ; il avait une immense fortune, un nom illustre, et, n'ayant jamais voulu émigrer, il n'avait pas pardonné à sa sœur de l'avoir fait. Cependant sa nièce, la mère de Nelly, avait, par sa douceur et son courage, su gagner le cœur du vieillard, quoiqu'il eût eu de la peine à lui pardonner de s'être mariée à un Anglais, et il s'était surtout pris d'une grande affection pour la petite Nelly. Il souffrait de voir sa nièce donner des leçons, et vivre, sinon dans la misère, du moins d'une façon très-modeste. Pourtant, malgré ses richesses, il n'aurait pas voulu offrir à la veuve de lui venir en aide; il était d'ailleurs certain qu'elle aurait refusé ses secours, et que sa fierté lui aurait fait préférer le peu qu'elle devait à son travail, au luxe qu'elle aurait dû à la générosité d'un parent.

Un certain jour (c'était, je crois, l'anniversaire de la naissance de Nelly), le vieillard se mit en tête de faire un cadeau à sa petite-nièce. Il alla dans un magasin de jouets, et choisit la plus belle poupée qu'il put trouver (du moins il le crut ainsi ; il se trompa sans doute, et vous pouvez en juger, mesdames, car cette poupée, c'était moi).

Il acheta un trousseau complet, au moins aussi élégant que celui que mademoiselle Hortense nous a décrit l'autre jour, puis un mobilier en bois de rose, et faisant porter le tout dans sa voiture, vint offrir à Nelly ce magnifique cadeau.

La petite fille, qui avait alors dix ans, était en extase, et ne trouvait pas de mots pour exprimer sa joie. Sa mère, au contraire, devint tout à coup sérieuse.

Elle dit à son oncle que, puisqu'il avait eu la bonté de vouloir faire plaisir à sa chère petite Nelly, elle lui en était reconnaissante ; qu'elle permettait à sa fille de garder la poupée avec un seul costume, le plus simple de tous; qu'elle lui permettait aussi d'accepter le lit, la commode, l'armoire et le petit fauteuil de la poupée ; mais qu'elle priait son oncle de vouloir bien reprendre la toilette avec les parfums, les boîtes à poudre de riz, etc., attendu que Nelly ayant des habitudes simples devait désirer élever simplement la poupée qu'elle adoptait pour sa fille. Elle ajouta qu'elle le priait aussi de reprendre les élégantes toilettes, beaucoup trop riches pour une poupée que devait porter dans ses bras une petite fille en robe de laine, qui accompagnait sa mère lorsque celle-ci allait à pied donner des leçons d'anglais.

L'oncle regarda sa nièce avec un peu de surprise, mais comme il vit qu'elle parlait sérieusement et que cette résolution lui était inspirée par l'intérêt de sa fille, il n'osa insister :

— Pourtant, dit-il, si Nelly prenait encore un costume, ce ne serait pas trop, il faut bien que la poupée ait de quoi changer de toilette.

— Soyez tranquille, mon oncle, répondit la jeune femme en souriant, la poupée ne manquera de rien, Nelly se chargera de lui faire son trousseau.

— Oh! oui, oui, maman, c'est cela ! s'écria la petite fille; quelle bonne idée! Je n'ai pas besoin de tous ces beaux costumes, j'aime bien mieux travailler moi-même pour ma jolie Betsy; vous permettez que je l'appelle Betsy, n'est-ce pas, maman?

— Oui, sans doute.

— Betsy, Betsy! reprit l'oncle, et pourquoi pas Élisabeth? Êtes-vous Anglaise, Nelly, pour donner à votre poupée un nom anglais? Nous sommes à Paris et non pas à Londres, appelez-la Élisabeth.

L'enfant fit une petite moue, car le nom de Betsy lui semblait bien plus joli et bien plus facile à dire que celui d'Élisabeth ; un nom qui n'en finit pas, prétendait-elle. Mais un regard de sa mère arrêta la réflexion qu'elle se disposait à faire, et elle murmura :

— Élisabeth, si vous voulez, mon oncle.

— Après cela, mon enfant, reprit celui-ci, touché de la contrainte qu'exprimait le joli visage de Nelly, il ne faut pas vous gêner ; si vous préférez le nom de Betsy, je n'y vois, pour ma part, aucun inconvénient.

Le nom de Betsy me resta donc, à la grande joie de ma petite maman Nelly, qui ne songea pas un seul instant à regretter les meubles et les costumes que sa mère avait refusés.

La maman de Nelly me tailla du linge, des vêtements, que la petite fille termina pendant le temps que sa mère était occupée à donner des leçons. Au bout de peu de temps, j'eus un trousseau moins brillant peut-être, mais à coup sûr beaucoup plus soigné que celui d'une poupée à la mode; tout mon linge était brodé et marqué à mon nom ; les robes étaient accrochées dans l'armoire, le reste soigneusement plié dans les tiroirs de la commode. Tous les matins, Nelly me levait, me faisait faire ma prière, puis elle me passait un linge humide sur le visage et sur les mains, et m'habillait, regardant avec attention si tous mes vêtements étaient en bon état et s'il n'était pas nécessaire de les réparer.

Ensuite, je m'asseyais à table à côté d'elle, et de temps en temps elle approchait de ma bouche sa rôtie ou sa tasse de thé, prétendant que j'avais faim et que je trouvais le déjeuner très-bon, ce qui faisait rire sa mère.

Toute la journée je partageais les leçons, les jeux, les promenades de Nelly, puis le soir venu, je trouvais mon lit soigneusement fait, et elle me couchait après m'avoir fait demander dans ma prière la santé et le bonheur pour ma grand'maman, la sagesse pour ma petite mère. Je m'endormais alors tranquillement, et je voyais, comme dans un rêve à travers mes rideaux de mousseline brodés par Nelly, ma chère petite maman qui pliait mes habits et les plaçait sur mon petit fauteuil, au pied de mon lit, pour que je pusse les retrouver à mon réveil.

Je passai ainsi plusieurs années d'une vie un peu monotone peut-être, mais bien heureuse. Au bout de ce temps, la mère de Nelly tomba malade ; celle-ci avait alors quinze ans, c'était une jeune fille instruite et bien élevée ; elle était malgré ses talents restée si enfant qu'elle me soignait encore comme lorsqu'elle avait dix ans.

La maladie de sa mère me fit négliger par la jeune fille, et je n'eus pas le courage de lui en vouloir, car elle sut, par son courage et son dévouement, suffire à tous les soins qu'exigeait l'état de la malade, et lui conserver la plupart des leçons d'anglais qu'elle donnait chez elle à des jeunes filles, dont quelques-unes étaient plus âgées que Nelly. Celle-ci sut inspirer tant de confiance, et justifia si bien cette confiance, que les élèves de sa mère ne tarissaient pas d'éloges sur le compte de la jeune maîtresse d'anglais.

Le frère de l'une d'elles, le comte Gaston de***, parlait un soir dans une réunion de l'enthousiasme de sa sœur pour Nelly, sans se douter que celui qui l'écoutait, et qu'il connaissait depuis longtemps, fût le grand-oncle de la jeune fille.

— Vous paraissez douter du mérite de Nelly, monsieur le comte, lui dit brusquement le vieillard ; eh bien, moi, je puis vous assurer que, quelque bien qu'on dise d'elle on ne donnera jamais une idée du dévouement, de l'abnégation, du courage, de la noble fierté de cette admirable enfant.

— Vous la connaissez donc ? s'écria le comte.

— Si je la connais ! Eh ! comment ne la connaîtrais-je pas ? c'est ma petite-nièce.

— Comment, monsieur, reprit le comte plus sérieusement, c'est votre petite-nièce, vous reconnaissez vous-même toutes ses admirables qualités, et elle est obligée de donner des leçons d'anglais malgré les soins que nécessite la maladie de sa mère, tandis que vous jouissez seul d'une fortune qu'on dit considérable ! Ah ! permettez-moi alors de douter de vos paroles ; vous savez toute l'affection, tout le respect que j'ai pour vous, il faut, pour que vous ne lui veniez pas en aide, que cette jeune fille ne mérite pas complétement les louanges que vous lui donnez.

— Eh ! croyez-vous donc que ce soit chose si facile que de leur venir en aide ? Elles sont fières, et je ne saurais les en blâmer ; cependant, cela rend très-difficile de leur rendre service.

— Quand on a la ferme volonté de rendre service à des personnes de sa famille, on trouve toujours moyen de le faire sans blesser leur fierté.

— Que ces jeunes gens sont entêtés ! Eh bien, je vais vous faire une proposition : dès que ma nièce sera rétablie, je vous présenterai à ces dames ; et si, quand vous les connaîtrez, vous pouvez m'indiquer un moyen de leur rendre au moins une partie de la fortune à laquelle elles ont tant de droits, je vous en serai vraiment reconnaissant.

Six mois s'écoulèrent avant que le comte Gaston pût être présenté ; car la convalescence de la mère de Nelly fut longue et pénible ; enfin, elle revint à la santé, et pour fêter son complet rétablissement, son oncle l'invita à venir dîner chez lui avec Nelly.

— Puis-je emmener Betsy, maman ? demanda Nelly.

La fille de la Maîtresse d'Anglais.

—Non, ma fille, tu es maintenant trop grande, on se moquerait de toi si tu emmenais une poupée.

— Maman, si je la mettais dans mon manchon? je ne la montrerais pas, personne ne la verrait; elle s'ennuierait moins qu'à la maison.

— Fais comme tu voudras, répondit sa mère, qui ne put s'empêcher de rire.

On me mit dans le manchon, et je passai la soirée sur un coin du piano, où personne ne fit attention à moi; je n'étais pas très à mon aise, et j'avais un peu trop chaud, mais en effet je préférais ce petit désagrément à l'ennui de passer ma soirée toute seule.

Le comte fut présenté à la mère de Nelly, qui, prévenue par son oncle, l'accueillit gracieusement et l'invita à venir lui rendre visite.

Celui-ci accepta; bientôt il vint souvent avec sa sœur chez les deux dames, qui purent apprécier ses nobles qualités, sa franchise, son excellent cœur; si bien que le jour où Nelly eut dix-sept ans, sa mère consentit avec joie à accorder au comte Gaston de*** la main de la jeune fille.

Le grand oncle de Nelly fut peut-être plus heureux que tout le monde de ce mariage, parce que sa petite-nièce épousait un Français. Le jour de la noce, il remit à Nelly un paquet de papiers, soigneusement cacheté; c'étaient les titres par lesquels madame la comtesse Gaston de... rentrait en possession de tous les biens de sa famille.

La mère de Nelly comprit qu'elle ne pouvait refuser un présent fait à son enfant avec autant de délicatesse, les larmes lui vinrent aux yeux, et elle serra la main du vieillard sans prononcer un seul mot.

— Vous voyez, dit le comte, que quand on a la ferme volonté de rendre service à des personnes de sa famille, on trouve toujours moyen de le faire sans blesser leur fierté.

Je fus, hélas! reléguée dans une caisse, avec mon mobilier et mon joli trousseau fait tout entier par les mains de Nelly.

Cependant, il y a un mois, je revis le jour, après plusieurs années de captivité, et voici comment:

Nelly vint avec son mari et sa petite fille, âgée de trois ans, passer quelque temps dans cette ville, avant de se rendre en Hongrie, où les appelaient de graves intérêts. Plusieurs caisses ayant été brisées dans le voyage et leur contenu abîmé, on les ouvrit toutes, et aussi celle dans laquelle je me trouvais. Je revoyais avec joie la clarté du jour, dont j'étais privée depuis si longtemps, lorsque la fille de Nelly m'aperçut, et tendant vers moi ses petits bras, se mit à pleurer pour m'avoir.

Il fallut céder à son caprice, et Nelly me permit d'accompagner sa fille, que la bonne se disposait à mener à la promenade.

Tandis que l'enfant marchait doucement sur le sable en me tenant par la main, un vieux monsieur, qui portait un panier à chaque bras, s'approcha de la bonne, et lui demanda comment il se faisait qu'une enfant si jeune eût une aussi belle poupée.

6

La bonne, qui avait entendu maintes fois raconter mon histoire, lui dit que j'avais été donnée à la mère de cette petite fille, alors qu'elle n'avait que dix ans.

Le vieux monsieur se prit alors à me regarder avec une attention qui m'embarrassait beaucoup, quoique j'eusse soin de n'en rien laisser paraître.

Voyant que le bébé ne s'occupait plus beaucoup de moi, et que ses regards suivaient obstinément un joli petit chien qu'une pauvre femme tenait dans ses bras, il lui demanda si ce chien lui paraissait joli et s'il lui serait agréable d'en avoir un pareil.

— Ah! oh! oh! oui; répondit la petite fille en mettant un doigt à sa bouche et en fixant sur le monsieur de grands yeux étonnés.

Wilhem le sorcier (car vous avez déjà deviné que c'était lui), courut acheter le petit chien à la pauvre femme, qui ne demandait pas mieux que de le vendre; puis il revint le mettre dans les mains de la petite en lui disant:

— Donnez-moi votre poupée, et je vous donne ce chien.

L'enfant, sans hésiter, me tendit au vieux monsieur, et se mit à caresser le toutou. La bonne voulut s'opposer à ce marché; mais le vieillard sut si bien lui persuader que sa maîtresse ne tenait plus à moi, et qu'elle serait au contraire enchantée de voir sa petite fille jouer avec ce joli chien, qu'elle finit par y consentir; d'autant plus que l'enfant se mettait à pleurer à chaudes larmes dès qu'on voulait lui retirer le petit animal, tandis que Wilhem refusait absolument de laisser le chien si on ne lui donnait pas la poupée qu'il demandait.

Le marché fut donc conclu; et j'arrivai ici, comme vous toutes, dans un des paniers de Wilhem le sorcier. Pourtant, quoi qu'il en ait dit, je suis sûre que Nelly m'a regrettée, car elle m'a soignée, elle a travaillé pour moi; je lui rappelais ses meilleurs jours d'enfance, passés auprès de sa bonne et tendre mère; et, quelles que soient les joies, quels que soient les chagrins apportés par les années, de pareils souvenirs ne s'effacent pas.

TABLE DES CHAPITRES

PARIS. — IMP. SIMON RAÇON ET COMP., RUE D'ERFURTH, I.